NANINE

Abendröte, sanfter Trost

NANINE

Abendröte, sanfter Trost

GEDICHTE

VERLAG JOHANNES HEYN

Titelbild: Abendstimmung an der Loire,
Ölgemälde von J. H. Pernet, Paris, 1797

Druck: Druckerei Theiss GmbH, A-9400 Wolfsberg
ISBN 3 85366 884 4

Abendröte, sanfter Trost,
Zärtliche Göttin,
Mutter des Morgens –

Möge ich Dich
Noch viele Male
Freudig begrüßen!

INHALT

ZWIESPRACHE MIT DER VERGANGENHEIT

Orpheus

Ist da etwas, das mich rief?
Irgendeines Mundes Frage?
Ich bin taub und berg' mich tief
In der Trauer dieser Tage.

Laßt mich so und rühret nicht
An die kaum vernarbten Stunden!
Ich bin stumm, und wer mir spricht,
Reißt nur Wunden, Wunden, Wunden –

Eurydike

Weißt Du, ob dieser Mantel sie verhüllt,
Der Schmerzen müde, einsam, fern und
still,

Oder ob unberührbar, ohne jedes Weh,
Aus tiefem Sichbesinnen sie sich lösen will?

Aida

Lange mußte ich reisen,
Dich wiederzufinden,
Aida,
Geliebte der Pharaonen –

Wo Menschen wohnen,
Dunkelhaarige, sonnengebräunte,
Bist Du wie damals
Die hellhäutige Königstochter,
Blond, zart, bezaubernd –

Aida, unter den weisen
Frauen die Schönste,
Unter den schönen die Weise –

Leise
Freue ich mich,
Dich wiederzusehen.

Kleopatra

Ich liebe diesen Duft der Bäder
Nach Rosenöl und feuchter Haut,
Nach heißen Leibern und dem Kraut
Der Myrrhe und dem Holz der Zeder.

Ich liebe diesen reinen Duft,
Der doch voll Gift ist und voll Lüsten,
Und saug' ihn ein mit starren Brüsten,
In denen schon die Rache ruft.

Die Rache, denn ich will nicht lieben,
Auch wenn mich mein Begehren zwingt –
Der Sklave, dem man heute winkt,
Wird morgen in den Tod getrieben.

Meinen fünf Schwestern

Der Faden in ihrer Hand:
Sie läßt ihn gleiten,
Theseus zu schützen.

Die Liebe in ihrer Hand:
Sie läßt sich verleiten
Mit ihm zu gehn.

Ariadne, verlassen, ausgesetzt:
Könnt' ich Dich wiegen
In sanften Armen
Wie warmer Wind,
Ariadne, Kind –

*

Nie begriff ich, Medea,
Die Wut Deines Herzens,
Die Kraft Deiner Hände,
Dein Morden, Medea.

Nun bin ich bei Dir
Und halte Dich:
Weine, verfluche Jason, Medea –
Es gibt keinen Trost.

*

Da schrie die Pythia!
Sie sah in den Mündern
Der Kommenden
Ätzendes Gift,
In ihren Herzen
Den Drachen der Lüge –

Und sie verstummte.

*

Kassandra wußte:
Der Narr und die Schöne,
Die Schwester, der Held,
Das Volk und der König,
Die Alten, die Kinder –
Alle verloren.

Kassandra, sterbend,
Spie Blut und Ekel
Gegen die Götter –

*

Aspasia aber hat überlebt.
Zwischen weißen Säulen
Und schwellenden Rosen,
Umgeben von Schriften,
Schwand ihre Schönheit,
Schwand ihre Klugheit,
Schwand ihre Kraft
Langsam und leise
Wie Schaum auf den Wellen,
Wie Wellen im Sand.

Sappho an den Geliebten

Nichts ist zuviel. Was mich zerbricht
Vielleicht nur soviel, daß ein Gott
Mich hört?

Tod ist in allem. Süßer Tod,
Der mich mit Deinem Mund betört!

Ich weiß, ich liebe Dich so sehr,
Daß Dein Gefühl in mir verrinnt
Wie eines Stromes Lauf im Meer –

Doch nicht zu sehr! Vielleicht erblüht
Aus solcher Liebe ein Gedicht
Und eine Träne, die Gott sieht.

Marco Polo erzählt

Die Blume der Mädchen, Li Tong,
Hob lächelnd die Lider und schwieg.
Drei Schläge dröhnten vom Gong.
Das Wasser im Becken stieg.

„Bekenn' Deinen Fehltritt!" schrie Wong,
Der mächtige Kaiser, vom Thron –
Sie schwieg. Dumpf hallte der Gong,
Die Flut bedrängte sie schon.

„Bekenn' Deine Liebe!" Verträumt
Und sanft bog den Nacken Li Tong.
Das Wasser sprudelt und schäumt
Und traurig beklagt sie der Gong.

Die Nibelungen

Rot läuft des Feuers zuckender Schein
Über die zechenden Mannen,
Glutrot perlt schwerer keltischer Wein
In gleißenden Silberkannen.

Hell klingt ein Lied durch den hohen Saal,
Ein Lied von Kämpfen und Minnen –
Erglühend sitzt neben dem edlen Gemahl
Schön Kriemhild in tiefem Sinnen.

An Gunthers Seite die Königin
Lauscht reglos dem frohen Liede,
Zu Siegfried schauen die Augen hin,
Der stolze Mund lächelt müde.

Und der Spielmann singt von Glück und
Freud' –
Um ihren Mund liegt ein Sehnen:
Nur Hagen von Tronje bemerkt dieses Leid,
Sieht ihre heimlichen Tränen.

Da stößt ergrimmt er den Becher um –
Jäh enden Gesang und Geigen
Die Recken und Damen schauen stumm –
Rot rinnt der Wein durch das Schweigen.

Grell sprüht im dunklen Kamin die Glut,
Gespenstisch flackert der Schein,
Aus silbernem Becher tropft weiter wie
Blut
Der schwere keltische Wein.

Der Spielmann

Ich singe den Hunger nach Liebe und Brot,
Ich singe die dunklen Gesänge vom Tod,
Ich singe die Lust und ich singe das Leid,
Begleitet vom Schauer der Ewigkeit –

Ich singe die schimmernde Reinheit des
    Schnees,
Das Lachen der Freude, die Tränen des
    Wehs,
Ich singe die Rache und fürchte mich nicht,
Bis mir im Sterben die Stimme einst bricht.

Der Troubadour

Schön bist Du, Freundin,
Gleich der scheuen Nymphe,
Von Pan in schwarzer Nacht verführt,
Und einer Priesterin, die unberührt
Von Leidenschaften wahrt den Heil'gen
Hain:
Sehr ernst, sehr hoheitsvoll, sehr rein.

Schön bist Du, Freundin!
Manchmal seh' ich Dich
Wie ein Kornett in fernste Fernen reiten,
Ein junger König seine Pfalz umschreiten,
Ein tapf'rer Krieger beide Arme breiten,
Den Tod umarmend, aller Helden Heil –

Schön bist Du, Freundin,
Voll von herber Süße,
In soviel Glück und soviel Leid gereift,
Daß nur der liebende Geliebte
Sie ganz begreift.

*

Fürchte Dich nicht: alles kehrt wieder.
Das Feuer im Kamin, die Lieder
Im Raum, das stumme Einverständnis
Zwischen uns.

Fürchte Dich nicht: alles vergeht.
Der Zweifel, der durch Deine Seele weht,
Die Angst, die Hoffnung auch –
Gott aber steht,
Der Unerschaffene, Unwandelbare,
Verborgene, uns Bergende,
Fest.

Der Landsknecht

Kein Haus, in dem ich wohnen muß,
Kein Acker, der mich hält,
Kein Kind, das Vater zu mir sagt:
Ich habe nur die Welt.

Die weite, bunte, wilde Welt,
Die meine Heimat ist,
In der mit jedem starken Arm
Furchtlos mein Arm sich mißt.

Romeo an Julia

So wollen wir uns denn wie Narren lieben,
Wie Bettler, die um ein Almosen flehn,
Wie Heimatlose, denen nichts geblieben,
Als in der Fremde Hand in Hand zu gehn.

Wie Mörder, die von Schuld und Furcht
getrieben,
Wie Kinder, die nach ihrer Mutter schrein –
Wie Ausgesetzte wollen wir uns lieben,
Nur um allein nicht taub und stumm zu
sein.

Vittoria Colonna

Und daß sie wären, ward auch ich:
Denn solche Hände haben nur Madonnen
Und Engel, die ein Maler sich
In Leidenschaft und Schmerz ersonnen.

So ist nur Marmor. Edelstein,
Geadert mit erstarrten Wonnen,
Sehr kühl, sehr ruhig und sehr rein.

Nur wenn ein Werk in mir begonnen
Erwachen sie. Und sind wie Rüden,
Die auf der Fährte nicht ermüden.
Ich bin das Wild. Doch der sie treibt,
Sich in mein Wesen zu verbeißen
Und tiefe Wunden ihm zu reißen:
Gott schreibt.

Lucrezia Borgia

Du bist der Wein, der mich trunken macht,
Denn wie ein Rausch ist unsere Nacht –

Du bist die Glut, die mich heiß entfacht,
Denn wie ein Brand ist unsere Nacht!

Du bist der Engel, der bei mir wacht,
Von dessen Lippen, in dessen Duft
Mich der unendliche Himmel ruft:
Denn ein Gebet ist unsere Nacht.

Hamlet an Ophelia

Weiß und still wie eine Wasserrose,
Deren Blätter tauig sind von Tränen,
Treibt Dein Leib am Ufer unsrer Liebe,
Scheu verschlossen vor der Glut der Sonne.

Weiß und still noch, wenn des kühlen
Mondes
Erste Strahlen, zaubrisch und betörend,
Uns berühren, wenn der Duft der Blüten
Uns umhüllt und späte Vögel singen.

Weiß und still. Bis alles Licht erloschen
Und durch tiefes, schweres, schwüles
Dunkel
Du mich ansiehst und in meinen Armen
Heiß wirst, Feuer, Aufschrei, Raserei –

Solveig

Ich habe auf Dich gewartet
Einen Tag, einen Monat, ein Jahr,
Immer auf Dich gewartet:
Weißt Du, wie lang das war?

Die Früchte blühten im Garten,
Sie reiften und fielen ab,
Dein Kind starb, noch kaum geboren:
Ich weinte an seinem Grab.

Nun hab' ich die Tränen vergessen,
Du kamst und brachtest das Glück.
Doch mich, wie ich war und Dich liebte,
Bringt mir wohl niemand zurück.

Katharina an Zar Peter

Ich weiß nicht mehr, woher ich kam,
Als Du zu mir gekommen bist,
Ich weiß nicht mehr, wer sonst mich nahm
Und bis zum Morgen mich geküßt.

Ich weiß nicht mehr, wie mich die Welt
Genannt und wessen Kind ich hieß,
Ich weiß nur, daß es Dir gefällt,
Mich liebzuhaben – nur noch dies.

Gretchen

Ich liege so und treibe,
Die Nacht ist hell und still.
Ich weiß nicht, wo ich bleibe
Und weiß nicht, was ich will.

Der Sommer ist verloren.
Ich trage seine Frucht
Am Herzen ungeboren –

Was nur der Wind noch sucht?
Die Blätter sind vertrieben,
Und die gewagt, zu lieben,
Verflucht!

*

Einmal habe ich geliebt.
Nichts, das meinem Herzen
Diese heil'gen Schmerzen
Wiedergibt.

Einmal habe ich geliebt.
Ob der Tod am Ende
Mir die reinen Hände
Wiedergibt?

Diane de Poitiers

Nie gesung'nes Lied der Liebe
Suche Deinen Klang in mir,
Nimm mein Herz und meine Hände,
Allen Anfang, alles Ende
Schenk' ich Dir.

Nie gesproch'nes Wort des Schmerzes,
Greif' die volle Seele hin,
Saug' mein Wesen, um zu reifen:
Strömend möchte ich begreifen
Daß ich bin.

Ninon de l'Enclos

Wie eine jener alten Geigen,
Die durch der Meister Hände gehn,
Für Gott gemeint. Und ohne Angst.
So bin ich niemandem zu eigen.

Denn wer mich sucht und meine Saiten
Anrührt, daß ich sein Lied begreife,
Dem gebe ich mich hin und reife
In ihm die tausend Seligkeiten,

Die er sich sehnt. Bis eine Stunde
Mich von ihm fortlegt. Ach, es sind
So viele, die mein Klang erlöst!
Und liebend geht mein Herz zugrunde.

Marie-Antoinette im Temple

Wecke mich nicht: ich träume.
Marmorne Treppen. Ein Bett
Mit einem Himmel aus Seide,
Flure, die nirgendwo enden
Und einen spiegelnden Saal.

Sieh, die Fontänen im Park
Springen hinauf zu den Wolken,
Und die Götter aus Stein
Heben sich lächelnd und schaun.
Da! Ein trunkener Faun
Jagt um die tiefgrünen Bäume –

Wecke mich nicht. Ich träume
Selig vom Schloß in Versailles.

Anna Karenina an Wronskij

Es ist der Bogen Deiner Brauen,
Der mich verführt. Die Wangen, die
Den Mund wie eine Brücke bauen
Und Deine Stirn, sehr hart und hell
Und stolz, als beugte sie sich nie.

Es ist das Lächeln Deiner grauen
Eisklaren Augen, das mich rührt
Wie ungezählte andre Frauen,
Und Deine Seele, deren Macht
Mein Herz in heißen Schauern spürt.

Robert Schumann an Clara

Der Tod, den wir so in uns tasten,
Und dessen Hände, hart und kalt,
Auf unsren Herzen manchmal lasten
Gibt uns Gewalt.

Wir heben Gott weit über alle Sterne,
Wir schreiben Verse, die wie Blumen
blühn,
Wir bauen Dome und wir knien
Vor ihm in hehren Symphonien
Und malen Bilder, voll von Licht und
Ferne.

Und graben unser Antlitz in die Zeit,
Bis wir sehr müde sind von vielen Mühn.
Dann wächst der Tod. Wir geben uns ihm
hin
Und haben in ihm stumme Ewigkeit.

Dem Bildnis des Dorian Gray

Alle Spiegel verhängen
Und in Deinem grünen Blick, Dorian,
Abglanz finden. Grellen Glanz.
Glanz des Bösen.

Wird die Tiefe mich tragen?
Traurigkeit, Dorian, trügt –

Aus dem Spiegel Deiner Augen
Fällt mein Bild wie Blei zurück.
Glück?
Wir sind hoffnungslos allein, Dorian.

*

Ach Dorian, die Tage gehen hin –
Wir füllen sie mit soviel Arbeit an,
Daß ich Dir nicht mehr sagen kann:
Hat's Sinn?

Hat's Sinn, zu leben wie getrieben,
Vorbei an allem, was wir lieben –
Wohin?

Zu einem Ziel, das schrecklich vor uns
liegt,
Wie wir auch kämpfen, sicher uns besiegt,
Beginn
Vielleicht, doch Ende ganz bestimmt –

Ach Dorian, ich frage Dich, wer nimmt
Uns an, wenn wir verloren sind?

Rainer Maria Rilke

Du sollst dem Herrn singen,
Sagen die Engel,
Kommen und bringen
Ihm Schmerz.

Scharen sich dichter
Um seine Lippen,
Ihre Gesichter
Sind Erz.

Dich hat er erkoren,
Sagen die Engel,
Und sie durchbohren
Sein Herz.

Für Jean Gebser

Es ist, als will die Nacht mir eine Brücke
schlagen
Zu Deiner Seele, die ihr kostbar war,
Die näher nun dem Lichte wohnt,
Indessen sie in mühevollen Tagen
Sich läuterte in dieser Stadt.

Wo denn wird Heimat, Bruder, als bei
Brüdern?
Die Glocken klingen klar zu mir herauf
Und künden Gott, der uns als Brüder
schuf.

Laß mich die Brücke wagen!
Ich bin wach
Und suche Deine Gegenwart zu streifen
In dieser Nacht, in der Gedichte reifen,
Dir dargebracht.

*

Und jeder Stern: ein Anruf.
Mond geht auf,
Umfängt mit mildem Glanz
Die Erde,
Wie eine Mutter, fern und doch nicht fern,
Wirkt in uns, führt Dich her zu mir
Auf seiner Bahn.

Die Brücke der Gedanken trägt,
Und was mein Herz voll Freude schlägt,
Den Dank für Dich –
Du nimmst ihn an.

*

Die Lampen leuchten still,
Die Tür steht offen.

Ich muß nicht hoffen,
Daß Du kommen wirst,
Denn Du bist da,
Mir ganz zu eigen.

Du gibst mir Kraft
So, wie ich sie empfange –
Bleib', Bruder, lange,
Laß mich mit Dir schweigen.

GEDANKEN ZUR GEGENWART

Ein Traum

Ich träumte, daß der Tiger,
Schleichende Furcht, verschwand.

Und daß der Leopard,
Brutaler Angriff,
Das weiße Kaninchen fraß,
Es mir vom Schoße reißend –

Ich konnte es nicht
Aus seinem blutigen Rachen
Befreien –

Ich konnte das Glück
Der Unschuld nicht retten.

Dann nahte der Löwe,
König der Katzen,
Die rauben und morden:

Entschlossen ging ich
Aus stummer Runde –

Wohin?

Die Liebende

Oh Seligkeit der stillen Stunden!
Es riecht nach Kräutern, Heu und Moos,
Die Berge stehen stumm und groß,
Ein Bach rauscht irgendwo –
Zum Schoß
Der Erde hab' ich heimgefunden.

Und denke Dein, der Du mein Himmel
bist,
Den ich mit sehnsuchtsvollen Sinnen
Zu greifen suche,
Und den nie
Doch meine Liebe ganz ermißt.

Die Kranke

Ich höre, wie der Wind sich bewegt
In spielender Kinder Locken,
Und wie der Schnee mit wolligen Flocken
Sich auf die Flügel der Vögel legt.

Wenn nachts der Frost durch die Tanne
geht,
Die dunkel vor meinem Fenster steht,
Kann ich das Zucken der Nadeln spüren,
Wie sie erstarren und wie sie frieren –

Und lange denke ich, was das Blatt,
Das zögernd an meinen Blumen verwelkt,
Für eine traurige Stimme hat.

Der Einsame

Ich bin so traurig. Weil ich auch von Dir
Nun gehe wie aus einem Haus.

Ich lasse alle Türen offen,
Denn Du sollst fröhlich sein und hoffen!

Und nehme nur mein schweres Herz mit
mir
Und wandre wieder in die Nacht hinaus.

Der Maler

Mädchen, Du bist ein Gefäß,
In das ich mich inbrünstig gieße –
Ich weiß, Du zerbrichst. Und ich fließe
Ins Uferlose zurück.

Doch diese selige Stunde,
Da Du mich lächelnd empfängst,
Will ich an Deinem Munde
Nur Frieden finden und Glück.

Das Modell des Malers

Eine kleine, weiße Wolke –
Doch die Sonne kommt nicht näher,
Sie steigt höher hinterm Hause.
Durch die Fenster ohne Pause
Fällt der kalte, blaue Tag.

Bilder quälen meine Seele,
Augen, die mich haben wollen,
Und ich kann mich nicht mehr geben –
Wie es müde macht, das Leben!
Kleine, weiße, leichte Wolke –

Die Blinde

Es ist, als schläfst Du nur,
Als bannt den müden Körper nur ein
schwerer Traum.
Dein Mund ist schmal, und jener wehe
Zug,
Den oft in tiefem Schmerz Dein Antlitz
trug,
Umgibt ihn herb.

Es ist, als schläfst Du nur,
Als schließt die blinden Augen nur ein
schwerer Traum.
Doch jener heiße Hunger nach dem Licht,
Die Sehnsucht, die aus Deinen Zügen
spricht,
Erwachen nie.

Es ist, als schläfst Du nur –
Ein gold'ner Abendsonnenstrahl fällt in den
Raum
Und küßt von Deinen Lippen zart das Leid.
Es ist, als schläfst Du nur. Doch wandert
weit
Nun Deine Seele schon im All.

Der Taube

Er sprach. Sehr leise und verwischt,
Mit jenem Lächeln, das aus Angst
Nicht klar zu sprechen und – zu wem?
Wie eine Kerze rasch erlischt.

Und Zweifel Raum gibt. Demut. Leid.
Ein Engel rührte nicht mein Herz
So an wie seiner Hände Scheu
Und seines Blickes Innigkeit.

Einem Gitarristen

Du sprichst mit der Gitarre
Und sprichst dabei mit mir,
Mein Bruder, und ich harre
Auf jedes Wort von Dir.

Zeit rinnt in nichts zusammen –
Du spielst. Ich sinne: Wann
Sahst Du durch Kerzenflammen
Mich schweigend an?

Der Raum verblaßt zum Rahmen,
In dem wir stehn –
Weißt Du, woher wir kamen,
Wohin wir gehn?

Das bucklige Mädchen

Oh wenn ich schöner wäre!
Dann wendete er nicht
Von mir sich zu den andern
Mit spöttischem Gesicht.

Oh wenn ich schöner wäre!
Er würde bei mir stehn,
An meinen Augen hängen
Und nicht vorübergehn.

Oh wenn ich schöner wäre!
Umdunkelt liegt der See,
Noch tief im kühlen Wasser
Tut ihr das Herz so weh.

Oh wenn ich schöner wäre –
Es ist ein kleiner Schrei
Und eine kleine Welle,
Und Gott geht wohl vorbei.

Unser täglich Brot

Brecht Euer Brot mit mir,
Das Brot mit dem Duft der Lebensfreude –
Brotverehrung bringt Brotvermehrung,
Ist irdische Speise und Manna vom Himmel,
Denn der Mensch lebt nicht vom Brot allein.

Der Mensch lebt nicht vom Brot allein:
Das Wort der Schöpfung
Setzt sich wie ein Siegel auf sein Herz
Und heiligt das Brot, das er bricht.

Meinen Töchtern, als sie traurig waren

Schick' einen Engel, Herr,
Laß seine Flügel
Sie streicheln –
Laß sie nicht allein!

Schick' einen Engel, Herr,
Der tröstet,
Laß meine Liebe
Mit diesem Engel bei ihr sein.

*

Voll von Tränen Deine Stimme,
Deine Stimme voller Schmerz –
Nicht hören, was Du sagst,
Nur hören, wie Du es sagst:
Du klagst.

Voll von Sehnsucht Deine Hände,
Deine Hände voller Angst.
Nicht sehen, was Du tust,
Nur sehen, wie Du es tust:
Die Brust
Schmerzt mir vor stummer Qual.
Daß Mütter so machtlos sind!
Du trauriges Kind,
Wer könnte Dir helfen?

*

Ruhe, Kind, Ruhe?
Nein,
Kampf.

Kämpfe Du weiter,
Tapfer, hart, heiter –
Schade.
Weil Gnade –

Wird sie dem Sieger,
Dem Besiegten,
Dem Unbesiegbaren
Zuteil?

*

Daß endlich ein Nest
Deines sei, Tochter,
Und ein Gefährte,
Dem Condor gleich:
Klug, kühn, kraftvoll, treu!

Meinen Schwiegerkindern

Ich bin ihre Mutter, fremder Sohn,
Und nichts wird sie von mir trennen,
Selbst ihre Liebe zu Dir nicht.

Ich bin seine Mutter, fremde Tochter,
Und nichts wird ihn von mir trennen,
Selbst seine Liebe zu Dir nicht.

Die Stimme des Blutes
Tönt durch uns hindurch,
Die Stimme des Geistes,
Der uns zusammengefügt,
Ist noch weit klarer.

Liebt meine Kinder,
Ihr fremden Kinder,
Aber habt acht:
Verletzt nicht
Mein Sein in ihnen!

Schlaflied

Schlafe, schlaf' mein Kind!
Leis' raunt durch die Nacht
Nur ein stiller Wind –
Wie er müde macht!
Träume kommen lind:
Schlafe, schlaf' mein Kind.

Schlafe, schlaf' mein Kind,
Lichtlein ist entfacht,
Macht die Schatten blind,
Die das Dunkel bracht' –
Lichtlein wärmt ganz lind:
Schlafe, schlaf' mein Kind.

Kindergräber

Schmal, auf halb versunk'nem Stein,
Hockt manch weißes Engelein
An den stillen Wegen –

Sinnt dem Kinderherzen nach,
Das so früh der Tod zerbrach,
Bringt ihm Gottes Segen.

Aus den Himmeln flog es her,
Starr und regungslos und schwer
Sind nun seine Flügel –

Fremd der Erde Tag und Nacht
Hält es seine treue Wacht
Auf dem kleinen Hügel.

Namenlos

Das, was ich bin,
Verdanke ich mir,
Nicht einem Namen,
Nicht denen, nicht Dir.

Das, was ich bin,
Ist der eigene Wert,
Die vor mir kamen,
Mit Feuer, mit Schwert,

Vielleicht auch mit Güte –
Ich habe Erbarmen
Mit Reichen und Armen
Und danke mir selbst.

Dem kleinen Prinzen

Müde, müde –
Hauche darüber,
Spiel’ mir ein Liedlein,
Mache mich schlafen –

Müde, müde –
Ach, nochmal Kind sein,
Abends die braven
Gebete beten –

Müde, müde.
Hauche darüber,
Atme nah bei mir,
Mache mich schlafen!

*

Siehst Du den Mond, der ans Fenster malt?
Ein helles Bild von fremden Städten,
Die Wolkenkratzer von Manhattan,
Bizarre Türme, halb geprahlt,
Halb aufgebaut aus Glas und Stein –
Siehst Du den Mond? Schläfst Du noch
nicht?
Schläfst Du nicht mehr?
Schlaf’ ein, schlaf’ ein, schlaf’ drüber her!

*

Wir gleiten beide in die Stille.
Der Wind ist da und Klang von innen.
Das Steuer führt ein dritter Wille,
Und sachte spüren wir zerrinnen
Was uns so bang, so bang gemacht –

*

Ich sehe Dich, kleiner Freund,
In der Sonne Siziliens,
Strahlend jung wie Apoll!
Die Bläue des Wassers formt Dein Profil,
Macht es weicher und strenger zugleich –

Die Bläue des Himmels
Streut in Dein Haar,
Das dunkle, feine,
Funkelndes Licht.

Welle um Welle zu Deinen Füßen
Huldigen Dir,
Das Meer singt Dir ein Lied,
Der Sand saugt Deinen Leib in sich ein –
Hier nur, im fließenden Sand, mein Freund,
Wird es ewig sein:
Das Bild Deines Lebens.

Gespräche mit dem grünen Clown

Auf, grüner Clown! Sie warten schon,
Und ihr Gelächter, schrill wie Hohn,
Wird Dich empfangen. Grelles Licht,
Das Deine Maske schier zerbricht,
Und die Gerüche, die aus bangen
Tierleibern sind, aus Schweiß und Staub.

Auf, grüner Clown! Füll' Deinen Mund
Mit Torheit. Späßen, Zoten und
Dem unerträglichen Gequarr
Des Narren – Narren: Sei ein Narr!
Was sollen sie mit Deinen Qualen?
Sie zahlen nur den Narren, Narr!

*

Nacht. Eine Tür quietscht. Irgendwo
Brennt noch die Lampe. Regen schlägt
Ans Fenster. Es ist kalt.

Was sagte sie am Morgen? Alt,
Du wirst schon alt, verfluchter Clown!
Es ist sehr viel, was man erträgt.

Warum erträgt? Er wäre froh
Um seinen Tod. Er trinkt jetzt viel
Und hustet. Seine Sehnsucht höhlt

Ihn aus. Die Stimme bricht.
Wie war sein Traum? Das große Spiel!
Es zieht im Wagen. Doch er lacht –

*

Ein Land, in dem man nicht mehr friert
Und nicht mehr lachen muß – ist's eine
 Insel?
Ein Herz, das man nicht mehr verliert
Und niemals haßt. Und soviel Brot,
Daß man nicht seine Scham verkauft
Vor Hunger. Sehnsucht, nimmt den Pinsel
Und male seinen hohen Wald,
Das weiße Haus mit Wein und Rosen,
Die Wege, gelb von Sand und Licht,
Die Frau, die meine Seele liebt
Und deren Augen Sterne scheinen,
Die Vögel, Falter und das Meer,
Das blaue Meer. Es spült die Zeit
Von diesen Ufern und bewahrt
Der Erde ernste Ewigkeit.

Oh meine Sehnsucht, trag' mit Flügeln,
Mit hellen Segeln mich dorthin!

*

Da sitzt Du und schaust
In den strömenden Regen,
Der Himmel ist grau
Wie das Fell einer Maus.

Darunter ein Haus
Mit häßlichen Fenstern,
Ein schmutziger Platz
Und ein blattloser Baum.

Man sagt, nur ein Traum
Sei alles Geschehen,
Ein Schatten der Wahrheit –
Du denkst es wohl nicht.

Dein müdes Gesicht
Ist gleich einem Spiegel
Der freudlosen Welt,
Des ewigen Nichts.

*

Du bist bei mir:
Kein Engel, nur
Ein Narr, ein armer grüner Clown.
Du bist so müde
Und so leer!

Sehnst Dich nicht mehr
Und hoffst nicht mehr,
Hast einen leidgewohnten Mund,
Zerquälte, blasse Hände und
Ein Herz – Du hattest doch ein Herz?

Die Kugel rollt.
Sie kegeln hier
Die halbe Nacht.
Kein Engel, nein,
Der bei mir wacht:
Ein Bruder nur,
Der gerne schliefe,
Lang, tief und traumlos
Wie ich auch.

*

Glaubst Du an Gott?
Die Sonne fällt
Mit gold'nen Strahlen
Durchs Gewölk,
Die Äcker sind schon umgebrochen
Und junge Saat keimt sacht heran.
Die Blätter sprießen im Geäst,
Und Vögel jubilieren laut.

Glaubst Du an Gott?
Es riecht nach Licht
Und grünen Wiesen,
In den Bach
Taucht eine Weide ihre Zweige,
Die Kinder spiegeln sich in ihm,
Ein bißchen sehnsuchtsvoll und still,
Und Veilchenduft zieht durch den Wald.

Glaubst Du an Gott?
An sein Gesicht
In allen Wesen,
Jedem Ding?
Nicht zu begreifen, kaum zu fühlen,
Nicht Vater, Bruder, Hirte, Herr,
Nicht Vieles, Festes, sondern Alles,
Verströmend sich in Ewigkeit –

Glaubst Du an Gott,
Mein grüner Clown?

*

Du heißt doch Felix,
„Den das Glück begünstigt"?
Nein, Du heißt Mathis,
Und man nennt Dich Max.
Ein Name, der wie weiches Wachs
Sich formen läßt von jedem Mund.

Nur eine rief Dich Maximilian,
Die Nummer fünf vom Luftballett,
Ein blondes Mädchen, zart und nett,
Mit einem Kind, nicht sehr gesund.

Sie stürzte ab und war gleich tot.
„He, Max, was gaffst du?“ schrie der Chef
„Los, an die Arbeit!“ Und du gingst
In Deinem engen grünen Wams,
Trostlose Trauer im Gesicht,
Hinaus und machtest Deine Possen –

*

(Nachruf auf den grünen Clown)
Sterne sterben wie Du
In andere Ewigkeiten –
Nirgends im All ist Ruh' –
Jenseits von Raum und Zeit
Wartet Unendlichkeit.

Dem unbekannten Mann

Ich liebe Dich, Du unbekannter Mann,
Und bin Dir süß wie Honig, lindernd wie
Salbei
Und bitter wie des Chinabaumes Rinde.

Ich liebe Dich. Was mir das Leben gab,
Will ich Dir schenken. Nur – sei gut zu mir.
Wenn auch mein Lächeln Weib scheint und
der Leib:
Sei gut zu mir. Du kommst zu einem
Kinde.

*

Die Stunde ist ganz voll von Dir.
Du bist die Sonne und das Blau des
Himmels,
Du bist die Möwe und das Lied der Wellen,
Du bist der Wind, der mich umfängt,
Und der mich drängt, den Leib ihm
hinzugeben –

Du bist das Herz in meiner Brust,
Der Schmerz der Sehnsucht und die Lust
Der Liebe, der ich nicht entfliehe –

Geliebter Du, vor dem ich knie:
Du bist das Leben.

*

Und einer bricht zum ersten Mal
In unser Herz. Oh süße Qual
So sein zu werden wie der Tod
Dem Leben eigen ist!

Die Not,
Die danach kommt, ist groß.
Wir weinen um den so Geliebten,
Der ging, und andre, die wir nie
Gemeint, sind unsres Herzens Los.

*

Ach, wie alles töricht ist,
Lust und auch das Leid!
Unser Herz hat Ruhe nie
Doch in dieser Zeit.

Wie der Wind nicht Ruhe hat
Und die Wellen nicht,
Bis es eines Tages still
An der Zeit zerbricht.

*

Da ist nur einer, den wir lieben,
Und der aus allem aufsteigt wie der Strahl
Aus dem Bassin im Park: aus allen Dingen,

Aus tausend kleinen, kaum geahnten
Tropfen
Nur er.

Sein Name pulst in jeder feinsten Ader,
Die uns durchzieht, das Duften seiner
Haut,
Der Laut der Stimme und die Art zu lachen
Sind in uns wach, und manchmal, nachts,
Sind wir so sehr berührt von allem,
Daß wir nicht schlafen, sondern nur
So träumen, greifbar fast, von ihm.

Kein Glück ist ohne ihn. Und jede Stunde
Nur durch Erinnerung an ihn.

Wohl kann die Liebe Schmerz nicht
lindern,
Es bleiben Abschied, Bitterkeit und Not –
Doch nimmt sie jedem Weh den Stachel
Und wandelt, unergründlich lächelnd,
Uns an der Seite des Geliebten
Sogar den Schmerz zu reinem Glück.

*

Die Linden duften. Trunkenheit
Verströmt der volle, gelbe Mond –

Verführerisch und ungewohnt
Liegt Deine Hand auf meinem Kleid.

Der See lockt schweigend. Lampen stehn
An seinem Ufer, und wir gehn
Verzaubert einer Liebe zu,
Die nichts mehr weiß als Ich und Du.

*

Auf zu des Glückes steilem Berg
Flogst du, weil dich die Liebe trug –
Tief in den Abgrund seiner Qual
Fielst du, weil dich die Liebe schlug.

Nun leide, Herz! Nicht oft genug
Füllst du den Krug mit diesem Wein:
Den bitt'ren Tränen. Sie allein
Sind Rausch und Klarheit für das Werk.

*

Ich sagte immer, daß ich Dich
So liebe, wie auch Du mich liebst.
Es waren Lügen. Heute bitt' ich
Inständig, daß Du mir vergibst.

Ich liebte Dich viel mehr. So sehr,
Daß ich mich manchmal selbst verlor

Und nur noch Dich fand. Und Dir schwor,
Stumm, meinen Mund an Deinem Mund,
Zu sterben, stürbest Du zuvor.

Auf Dir stand meine ganze Welt.
Wenn Du mir gut warst, fiel ein Licht
So wie ein Stern vom Himmel fällt,
In meine Seele, und im Traum
Noch sah ich lächelnd Dein Gesicht.

Warum Du gingst? Ich weiß es nicht.
Der Frühling geht, der Sommer auch,
Der Herbst – es ist so vieles Brauch,
Was unsre Herzen kaum verstehn.
Glaub mir, das Glück ist nur ein Hauch!
Wohin Du gehst, was Du auch tust:
Ich weiß, daß wir uns wiedersehn.

Begegnung und Abschied

Die Stirn: unbeugsam, unerschrocken.
Der Blick: so hart wie Diamant.
Das Lächeln: wie in Gold gefaßt.
Die Stimme: dunkle, ferne Glocken.
Der Mund: gefährlich wie ein Brand
Und sanft wie blonde Kinderlocken.

Warum Du mich gefangen hast?
Nicht fragen. Sprich und schau mich an
Und sieh: in mir ist nichts als Freude,
Daß es Dich gibt, geliebter Mann.

*

Was ist geblieben?
Ein stilles Lieben,
Ein sanftes Streichen
Über die weichen
Wangen der Seele –

Daß ich Dir fehle
Träumt' ich in langen
Stunden des Schlafes:
Nun bin ich wach.

Ach,
Was ist geblieben?

*

Ich weiß nur dies eine:
Daß, wenn ich weine,
Du bei mir bist,
Und daß, was ich sagte,
Jauchzte und klagte,
Du nie vergißt.

Wie eine Mücke
In Bernstein gebettet,
Sterblich und doch
Vom Tode errettet,
Millionen von Jahren
Und jetzt und hier
Bin ich in Dir.

*

Der Morgen ist so scheu und still,
Ein blasses Rot färbt seine Wangen –
Als ob er selbst sich fangen will,
Dreht sich der Wind im frischen Schnee.

Ich löse mich von gestern ab,
Behutsam, denn es tut sehr weh –
Und dankbar denkt mein Herz zurück
An großes Glück.

*

Ich bin allein
Auf rosaroten Klippen
Über dem Meer.

Du fehlst mir sehr,
Doch ich vermisse Dich nicht.

Lied der Uhr

Geht die Zeit, kommt die Zeit,
Kommt das Glück, geht das Leid,
Geht der Tag, kommt die Nacht,
Kommt der Tod, ist's vollbracht,

Geht die Zeit, kommt die Zeit –

WELT-ERFAHRUNG

Kinder der Welt

Eure Kinder
In allen Ländern,
Leuchtender Himmel,
Fruchtbare Erde,
Haben nur eine
Sprache des Herzens:
Hoffnung auf Frieden,
Hoffnung auf Glück.

Wenn sie denken,
Sind sie verschieden,
Doch wenn sie fühlen
Fühlen sie gleich
Hunger, Durst, Verlockung und Leid.
Und sie kämpfen
Denselben Kampf:
Mehr als die Zeit,
Unsterblich zu sein!

Afrikanische Impression

Die Gesichter der alten Götter
Sind voller Weisheit und Würde.
Ihre Augen schauen nach innen,
Und ihre Lippen, wissend geschlossen,
Verkünden schweigend
Das Schicksal der Welt.

Amsterdam

Blauweiß das Licht
Und Wolken, die wie Schiffe sind –
Leer die Kanäle. Spiel im Wind,
Spiel zwischen Weiden, Linden, weit –

Die Häuser sind Vergangenheit,
Und Wehmut macht das Herz mir weich:
Ein Himmelreich
Der Stille, diese Stadt,
Ein Blütenkelch, ein Vogelruf, ein Blatt
Im Wind –

Argentinien

Chilecito
Am Ende von vielen Wegen
Wird Heimat sein,
Im Hause der Erde
Für Unbewußtes,
In den Hallen des Himmels
Für helle Bewußtheit,
Neuen Windungen, Überwindungen,
Dankbar entgegen.

San Juan
Heiliger Raphael,
Erzengel des Morgens,
Meister der Winde,
Schutzherr der Wanderer,
Hüter der Kinder,
Tröster der Heimatlosen,
Lob sei Dir und Dank
Für den weisenden Weg!

Mendoza
Wo die Berge sich beugen
Und die Wasser verstummen
Und der Mensch sich verbirgt
Vor der Kraft des Lichtes,
Da redet die Stille
Mit eherner Stimme
Der Schöpfung das Wort,
Das Wort der Schöpfung.

*

Las Rocas / San Carlos de Bariloche
Kein Zweig bewegt sich mehr, kein Blatt.
Der Wind legt sich in meine Hände
So wie ein Vogel in sein Nest –

Ruh' aus,
Ich halte Dich nicht fest:
Wer hielte schon das Leben an?

*

Land, dessen Gestern
Spurlos verwehte,
Land, dessen Morgen
Aus Hoffnung sich baut,

Land voller Heute,
Um mich sich fügend,
Schweigend mich wiegend
Wie eine Haut.

*

Brillanten aus Licht,
Brücke, die trägt.
Kein Ziel mehr, nur Weg,
Antwort dem Wort.
Nirgendwo Glocken
Gott anzulocken –
Er ist.

Kein Kreuz für Christ.
Sein strahlendes Opfer,
Kosmisches Licht,
Bedarf unserer Tränen
Und Traurigkeit nicht,
Noch unserer Qual,
Noch unserer Not.

Freue Dich, Mensch!
Du bist der Gral,
Gefäß und Gebot
Unendlicher Kraft.

*

Was bleiben wird: Welle und Wind,
Die Erde, ihr weises Kind –
Wir sind nur Übergang.
Der Vogel, die Rose, das Blatt,
Sonnensatt,
Gehen mit uns.
Glück?
Wunschfreier Augenblick –

*

Buenos Aires
Hier ist Natur noch Natur,
Wind noch Wind,
Regen noch Regen
Und Segen
Ein warmes Kleid.
Einzig wichtig:
Was nützt und schützt.
Einzig richtig:
Die göttlichen Eltern
Um Gnade zu bitten,
Ehrfurchtsvoll.

*

Wie ein Pfeil schießt das Mädchen davon:
Leben ist vorn, es darf nicht zurückschaun.
Die Mutter steht traurig,
Mit hängenden Schultern –
Sie hat es behütet die ganze Nacht,
Sie hat es über die Straße gebracht,
Und nun kein Gruß mehr –

Lächle mich an, Du andere Mutter,
Sieh' zu mir her: Leben ist vorn!

*

Heute ist Himmelfahrt.
Ich fahre nach San Isidro,
Vorstadt von Buenos Aires,
Ans Ende der Welt
Und fühle mich wohl.

Der Himmel ist vergißmeinnichtblau –
Nein, nein, ich vergesse es nicht:
Heute ist Himmelfahrt!

*

Tanze Deine Tage,
Freue Dich
Deiner Frist!

Du bist
Glück oder Klage –
Wage
Das göttliche Ist
In Dir, aus Dir,
Werde!

Tanze über die Erde,
Ehe sie Dich vergißt.

*

Eos, die rosenfingrige Göttin der Frühe,
Greift über den Fluß in die Parks der Stadt,
An die Mauern der Häuser,
In die dämmrigen Räume.

Rennpferde gehen zur Morgenarbeit,
Die alte Frau ordnet frische Blumen
Vor dem Altärchen der Immaculata
Wie alle Tage. Gewesen, vorbei
Ist gestern, die Nacht voller Lust und Klage.
Eos, die Zarte, Heitere, Schöne
Streichelt den Himmel mit schmeichelnden
 Händen
Und zaubert Gold in sein silbriges Blau.

*

Gorchs
Die Wipfel der Eukalyptusbäume
Berühren die Wasseroberfläche,
Durchstoßen sie da und dort.
Vögel ziehen darüber hin,
Formen fliegend strenge Figuren,
Spuren
Am Himmel, die schnell verwehen.

Wir sind untergetaucht,
Gehen
Staunend über den Meeresboden
Und ertasten neue Strukturen,
Sehen uns an wie durch Perlentränen,
Wähnen
Uns fern –
Sind uns wesensnah.

Bodensee

Lindau

Oh könntest Du ihn sehn: ein Meer,
In dunkler Weite schneeig schäumend
Und grün am Uferstein sich bäumend
Und Wolkenfetzen jagend drüber her.

Die nahen Berge atmen schwer
Zum Toben dieses wilden Lebens,
Ihr hohes Harren ist vergebens,
Vergeht im Dunst. Sie halten ihn nicht
mehr.

*

Meersburg

Zärtlich küßt das Wasser den Strand
Zur Mittagsstund' –
Wiegend und weich auf dem glitzernden
Sand
Ruht sein Mund.

Zögernd wendet das Riedgras den Blick
Zum Sonnenschein –
Welle und Ufer mit ihrem Glück
Sind allein.

*

Insel Reichenau
Wie königlich der Sommer stirbt!
Gleich einem Lächeln wird das Korn
Von seinem welken Mund geschnitten,
Und letztes Herzblut färbt den Dorn
Der Rose, die am Strauch verdirbt.

Duft strömt von seiner feuchten Haut,
Und seine Hände greifen sacht
Durch reifes Obst und süße Reben
Nach dieser frühen, kühlen Nacht,
Die ihm ein Grab aus Sternen baut.

*

Im Münster zu Konstanz
Alle Herrlichkeit ist inwendig,
Inständig
Erfleht
Im Gebet.

Alles Wachstum geschieht aus innen,
Alles Entrinnen
Ist in uns hinein.

Bewahrung wird sein
In uns,
Zuinnerst lebendig.

Konstanz
Erste welke Blätter wehen,
Spinnwebfäden treiben durch die Luft.
Die ist voll von Duft. Sie mähen
Rings die Erde für des Sommers Gruft.

In den Gärten glühen Farben,
Sonnenheiße Astern, Mais und Mohn,
Beeren häufen sich zu Garben,
Und die Früchte fallen schon.

Blaue, kühle Schwaden schweifen
Wo im Strom die rote Sonne sank –
Sterben lehrt die Erde reifen,
Und der bunte Tod hält Erntedank.

*

So schwer der Morgen! Atemlos –
Kühl kriecht er her. Ich liege bloß,
Von Grauen ganz benommen –

Der blasse Mond hellt ohne Kraft,
Scheint wie der Tod, der gafft und gafft
Ob wir dem Schlaf –
Ha, Gaukelbruder Schlaf!
Entkommen –

*

Tränenlose Traurigkeit
Eines Nebelmorgens
Im Herbst!

Sieben Blätter sind noch an den Zweigen
Jenes Baumes – oder zehn –
Auch sie werden untergehn
Bald in Schweigen.

Feucht und frierend hält die kleine
Grabkapelle ihre Steine,
Alte Tafeln mit: „Hier ruhen ...“
Ihrer längst vergess’nen Toten
Lang vergess’ne stille Hügel
Sind nicht mehr,

Menschen gehen drüber her:
Ach, was schert’s die Toten?

Tränenlose Traurigkeit
Eines Nebelmorgens
Im Herbst –

*

Überlingen
Wie die Wellen leise murmeln,
Als erzählten sie vom Sommer –
Ihre hellen kleinen Stimmen
Flüstern: Sonne, Sonne, Sonne –
Lauschend lassen sich die Schwäne
An das kühle Ufer treiben,
Und die alten braunen Kähne,
Die dort liegen, wiegen selig
Sich im blauen Glanz der Stunde.

Wie die gelben Blätter rascheln!
Als erzählten sie vom Sommer
Mit denselben süßen Worten
Wie das Wasser: Sonne, Sonne –

*

Wangen/Höri
Hier blühte der Frühling,
Hier glühte der Sommer
Eben noch –

Hier trugen die Wellen
Die leuchtenden, schnellen
Segel, hier wiegten im Blau
Sich Möwen und Wolken
Eben noch –

Das Ufer ist leer
Und das Wasser so grau
Als sei es aus Blei.
Ein Glück brach entzwei,
Ein Jubel, ein Jahr
Und war
Doch eben noch –

*

Blaue Stunde,
Mit sphynxhaftem Lächeln
Weichst Du der Nacht,
Der samtschwarzen Nacht,
Die aus der hohen
Kuppel des Himmels
Auf uns herabsinkt:
Botin des Herrn.

Bringt sie uns Schlaf,
Den traumreichen, kleinen
Bruder des Todes?
Oder ihn selbst,
Vor dessen Nähe
Im stummen Dunkel
Wir oft erschauern?
Bringt sie uns Qualen,
Schmerzen und Tränen?
Bringt sie uns Jubel,

Freude und Glück?
Bringt sie uns Frieden?

Sterne und Mond
Und die wandernden Wolken
Sehen ihr Antlitz,
Das uns verborgen –
Lauschend nur lernen
Die Herzen begreifen:
Alles ist Schicksal,
Fürchtet Euch nicht!

*

Bregenz
Sanft, leise. Dieser graue Tag
Hat alle Sonne aufgesogen.
Nun wird es Abend. Nebelwogen
Ersticken auch das letzte Licht.

Wo bist Du? Aus dem fernen Bogen
Des Horizonts steigt Dein Gesicht,
Und Worte kommen hergeflogen,
Indes mein Herz mit Deinem spricht.

Finnland

Es ist der Himmel meiner Kinderzeit,
So blau und weiß, so blendend hell, so
weit,
Es sind die Linden, duftend warm und
grün,
Die Wolken, die in heiße Fernen ziehn,
Der Wind vom Meer, der Sommer ohne
Zeit:
Glückseligkeit.

*

Ein leerer Brunnen im verschneiten Park,
Die blasse Blüte unterm Licht der Lampe,
Geruch nach Fisch und Tabak, stark,
Und fremde Laute, nur durch Dich vertraut,
Auf den mein Herz den Turm der Treue
baut.

Die Zeit steht still. Und eine ferne Spur,
Vom Eiswind halb verweht, zieht uns
zurück
In tausend Jahre Mühe, Not und Glück.

Irland

Und dann,
Nach windgrauen Tagen,
Ein blütenblattblauer Morgen,
So klar, so zart, so warm –
Wie ein Geschenk
Von weither.

Die Sonne
Spiegelt sich im Meer,
In blanken Flüssen
Und in kleinen Fenstern,
In Augen,
Die sich dankend öffnen –

So sehr
Ist dieses Land noch Paradies,
Insel der Seligen,
Und sei es nur
Für Stunden –

Isfahan

Da sind die Tauben noch von Gilgamesch
 und Noah,
Flirrendes Licht im grauen Tag,
Und Gottes Engel, deren Flügelschlag
Die Last der Träume sanft bewegt.

Das Glück der Frühe ist noch ganz,
Wenn Nymphen sich im Tanze wiegen
Zur Flöte Pans,

Und heilig noch die Dämmerung –
Geliebter Seelen Weisung rührt uns an,
Glück der Gewißheit, daß der Tod
Nicht trennen kann.

Syrakus

Gute Nacht, guter Mann –
Der Abend hebt an,
Du bist bei mir,
Syrakus ist hier.

Erinnerst Du Dich an den ersten Gruß?
Da, wo wir sind, ist Syrakus!

Es ist heiß, es ist laut,
Doch Du atmest vertraut,
Ich schlaf' bei Dir ein,
Ein Kind wieder, klein –

Erinnerst Du Dich an den ersten Gruß?
Da, wo wir sind, ist Syrakus!

Säulen am Strand,
Die Felder verbrannt,
Der Häuser Gesicht
Wie erloschen im Licht,
Und hinter allem, empörend blau,
Vernichtend, verlockend, verführerisch lau
Das Meer. Das Meer
Wie ein segnender Kuß:
Syrakus.

Mark Brandenburg

Fahren durch Tore,
Aus Bäumen gemacht,
Farbiges Herbstlaub
In goldener Pracht.

Blaßblauer Himmel.
Von Norden, vom Meer
Treibt böiger Wind
Ein paar Wolken her.

Dörfer, sich duckend,
Und Feld an Feld –
Wehende Blätter,
Welkende Welt.

*

Gute Erde, schönes Land
Bis hinauf zum Ostseestrand,
Weißer Himmel, klares Licht,
Das zu meinem Herzen spricht.

„Überall ist Ewigkeit,
Sie durchgeistigt Deine Zeit –
Nütze sie! Wir alle sind
Einer Schöpfung einig Kind.“

Eine Saite meiner Seele,
Niemals angerührt, erklingt –
Daß sie nimmermehr mir fehle
Schwingt sie leise, singt und singt.

„Kind, wo bist Du nur geblieben?
Warst so weit und lange fort!
All' Dein Sehnen, all' Dein Lieben
Findet endlich seinen Ort."

*

Was uns bewegt
Ist unsichtbar
So wie der Wind,
Der in den Wolken,
In Segeln, in Bäumen,
Im Kornfeld sich zeigt.

Es führt uns her,
Es weist uns fort,
Aus ihm kommt Kraft,
In ihm ist Ort,
Wir sind ihm Antwort,
Hier und dort.

Was uns bewegt,
Ist unwägbar
Und wiegt doch schwerer

Als die Welt,
Als Gut und Geld,
Als schöner Schein –

Was uns bewegt
Ist, was uns trägt
Von Sein zu Sein.

*

Kein Unrecht währt lange,
Kein Recht wird bestehn,
Die Wahrheit ist beugbar,
Gebote vergehn.

Nur Du überwindest
Aus innerstem Kern –
Wie Du ihn findest?
Folg' Deinem Stern!

*

„Alle armen Seelen
Loben Gott, den Herrn,
Der die Welt erschaffen hat,
Die Guten und die Bösen" –

Und die guten Seelen
Sind Dir niemals fern,

Suchen Dich zu stützen,
Suchen Dich zu schützen
Wollen auch die bösen
Liebend miterlösen,
Helfen ihnen gern.

Alle sel'gen Seelen
Loben Gott, den Herrn.

*

Nebelmorgen,
Gespinst von Sorgen,
Graue Gedanken –

Sicherheiten,
Die rings entgleiten,
Ängstliches Schwanken –

Nebelmorgen.
Im Dunst verborgen
Wärme und Licht,
Klarheit der Sicht.

*

Du findest Dich
Durch das andere Ich,
Durch den Dienst am Du.

Bringe Dich ein
In ein größeres Sein,
Wachse ihm zu!

*

Berlin
Was fällt mir ein,
Während wir im Restaurant „Oren“
In der Oranienburger Straße
Couscous und Baklava essen?
Berlin, eine Großstadt,
Und Mascha Kaleko.
Seltsam. Indessen
Schwillt Stimmengewirr
Um uns an:
Man kann
Nicht vergessen:
Berlin ist groß
Und Mascha Kaleko.

Man spricht sehr laut
Über wichtige Sachen.
Das kraftvolle Lachen
Klingt oft nach Gewalt.

Weißhaarig und alt
Muß man wichtig sein
Oder doch scheinen –
Zum Weinen allein
Sitzt hier nur einer:
Keiner
Sollte so unwichtig sein!

*

Berlin-Babylon:
Über die Pergamon-
Brücke sehr nah.

Auch der Turm ist da,
Symbol der Sprachverwirrung
Zwischen West und Ost.

Sei getrost:
Wir finden zur Harmonie
Irgendwann, irgendwie.

*

„Was nicht durch die Sinne geht,
Ist nicht im Geiste“ –
Was nicht durch den Geist geht,
Ist nicht in den Sinnen!

Zuerst war der Geist,
Der uns leben heißt,
Dem wir gehören
Mit allen Sinnen –
Er wirkt aus innen:
Alles ist Geist.

*

Gnade: was Not tut.
Segen: was hilft.
Gnade und Segen
Auf all' Euren Wegen –
Amen: So sei's.

Ostpreußen

Leise, unendlich leise
Flüstern die Weiden im Wind.
Und ich denke an gestern
Und fühl', daß sie ernste Schwestern
Der singenden Birken sind.

*

Wenn des Tages Lärmen schweigt
Hebt ein süßes Singen
Sacht mein traumbereites Herz
Hin zu hellen Dingen.

Und die Heimat, weit und warm,
Darf es wiederfinden,
Treiben wie ein Blütenblatt
In dem Duft der Linden.

Wie ein Hälmlein, sonnenschwer,
Sich zur Erde neigen,
Wie ein müdes Vögelchen
Tief im Walde schweigen.

*

Überall der Duft von Linden,
Überall, in allen Winden
Ihrer Blüten süßer Duft –

Überall, aus Duft entsprungen,
Selige Erinnerungen
In der fremden, schweren Luft!

*

Ein Wald, getaucht in Gold,
In edles, warmes Gold,
Das von den Stämmen rollt
Und rot am Wegrand liegt –

Und wirbelnd kommt der Wind,
Der räuberische Wind,
Nimmt mit sich, was er find't,
Eh er von dannen fliegt.

Wenn schützend nun die Nacht,
Die herbstlich herbe Nacht
Behütend all' die Pracht
In ihren Armen wiegt.

Westerland/Sylt

Tauben haben mich geweckt
Und der Kuckuck ruft schon wieder,
Lerchen lernen Himmelslieder,
Und der Möwen schriller Schrei
Stößt aus Wolken auf mich nieder.

Meine Seele lauscht und lauscht,
Sonnenwarm und lichtumflossen,
Bis, vom Winde aufgeschlossen,
Sie der Urgesang des Meeres
Ganz durchrauscht.

Paris

Man muß sich einmal ganz verlassen
fühlen
Und einmal ganz geliebt in dieser Stadt.

Oh Traurigkeit, die keinen Namen hat,
Und Glück, das aufsteigt wie ein
Wasserstrahl!

Vielleicht begreift man dann das Leben,
Wie man zuvor es nie begriff,
Und ist bereit, sich ihm zu geben,
Wie man zuvor es nie getan –

*

Es ist der Himmel – nein, es ist das Licht
Um diese Stadt, die zärtlich mit ihm spricht,
Das Grün der Bäume und das Weiß
Aufbrechender Magnolienblüten
Mit einem leichten Hauch von Rot –

Es ist der unsagbare Duft,
Den jeder Garten neu verströmt,
Es sind die Lippen schöner Frauen,
An denen blind die Liebe hängt,
Das Glück, zu dem sich alles drängt,
Und tausendfach in Stein: der Tod –

Es ist die samt'ne, silberblaue Nacht,
Die hier den Frühling so bezaubernd
macht.

*

Ganz ohne Schwere ragt der Stein
Der Sainte Chapelle,
Ein Spitzenwerk, ein Filigrangespinst,
Um diese Fenster. Sie sind fast allein,
Und sind nicht Glas mehr,
Nur noch Licht.

Inbrünstig rot. Und innig blau –
Das ist der Himmel, das ist Gott!
Er scheint ganz nah und neigt sich sanft.
Er lächelt. Siehst Du sein Gesicht?

*

Die Blätter, die ich grünen sah,
Wehn golden von den Bäumen,
Doch so wie damals schäumen
Fontänen rings im Park.

Der Himmel malt dasselbe Blau
Mit silbergrauen Säumen,
Und mit denselben Träumen
Füllst Du mein Herz, Paris.

Victoria Island/British Columbia

Die „Discovery“ liegt nun
In Victoria vor Anker,
Im Royal British Columbia Museum.

Es scheint, als umspülten Wellen ihr Heck,
Als ich des Käptens Kajüte betrete,
Mich in seinen bequemen Lehnstuhl setze,
Seine einfachen Instrumente betrachte.

Erlaubt mir, in seine Koje zu gehen,
Mich einzuhüllen in seine Decken
Und, müde des Reisens durch diese Zeit,
Bis morgen vor zweihundert Jahren zu
schlafen –

Österreich

Tausend Jahre möchte ich hier leben
In dem Land, das ich von Herzen mag,
Tausend Jahre, würd' man sie mir geben,
Wär'n für mich ein einz'ger Freudentag.

Tausend Jahre möchte ich Dich lieben,
Du mein wunderschönes Österreich,
Tausend Jahre, und am Ende blieben
Tausend Verse, meiner Liebe gleich.

Tausend Jahre will ich Dich besingen
Voller Inbrunst, die nur du mir leihst –
Tausend Jahre will ich in Dir klingen
Mit dem Lied, das Deinen Zauber preist.

St. Oswald/Kärnten
Hier labt mich alles:
Dieser grüne Blick ins Tal,
Die herbe Luft voll Kräuterbalsam,
Der sonnenwarme Abendwind,
Die Stille, die vom Berge rinnt.

Was singt der Baum?
Was sagt der Traum,
Der meinen Schlaf behütet hat?

Hier labt mich alles,
Freudesatt.

*

Runde, mütterliche Berge,
Lärchen, die wie Lichter stehn,
Alpenblumen, wunderschön.

Mahnend die Erinnerung:
Hier ist unsre Erde jung,
Lockt mit Seen, sanft verlandet,
Felsen, Moos und Urgetier –

Sieh' die Pflanzen! Raste hier,
Atme tief den Ruch der Frühe.

*

Beten: bitten.
Beten: danken.
Mit den Tannen, hohen, schlanken,
Greift mein Beten in das Blau
Dieses Himmels. Ich vertrau'
Mich getröstet und geborgen
Seiner ew'gen Weisheit an.

*

Zarte Morgennebel des Sommers,
Bis starkes Licht den Dunst durchdringt –
Horch doch! Ein ferner Vogel singt –
Sonst nichts als Schweigen. Bis die
Glocken
Vom Tal her sonntäglich frohlocken:
Gedenk' des Schöpfers, schöne Welt!

*

Er war in meinem Traum,
Der Baum.

Einsam und still ragt er ins Licht –
Hört er, was jene Stimme spricht,
Die auch das tiefste Schweigen bricht?

„Ich bin der Weg, ich bin die Tür,
In mir ist Leben für und für“ –

Der Morgen flutet in den Raum:
Gegrüßt seist Du, geliebter Baum!

*

Der einzige Laut: das Summen der Bienen
Bei den Geranien, bei den Lupinen,
Von fern die Glocken weidender Kühe
In dieser sonnigen Sonntagsfrühe.
Und in mir Dank: Was könnte das Leben
Schöneres geben?

Rosenhof/Wernberg, Kärnten
Das Blau des Himmels, dieses himmlische
Blau,
Das Weiß der Sonnenschirme wie das Weiß
von Segeln –

Ich erinnere mich, erinnere mich genau:
Ich stand am Strand im weißen Kleid
Und winkte zum Abschied: Wem, wann,
warum?

Unter diesem Blau des Himmels, diesem
himmlischen Blau!

*

Was alles ist schon geschehen,
Während Kerzenlicht aufflammte,
Still leuchtete, erlosch –

Was alles ist schon geschehen,
Während Menschen sich begegneten,
Beieinander blieben, sich verließen –

Was alles ist schon geschehen,
Während ich hier war, von dannen ging,
Wiederkam?

*

Meine Seele, Du schöner Schmetterling,
Meine Seele, sag', willst Du weiterfliegen?
Meine Seele Du, ich bitte Dich,
Laß diesen sterblichen Leib
Noch nicht in der Erde liegen!

*

Abend, guter Abend, hilf
Auf die Nacht mich zu bereiten,
Gib Gebete, die mich leiten,
Mach das Ende zum Beginn –

Abend, stiller Abend, laß
Mich nicht in das Dunkel gehen
Ohne fernes Licht zu sehen:
Allen Daseins Trost und Sinn.

*

Sanft entschlafen in eine Nacht,
Wiedergeboren in einen Morgen,
Dankbar erwacht:

Gegen die Sorgen, die Ängste der Zeit,
Steht Ewigkeit.

*

Hinter den sieben Bergen
Mit Wäldern, Flüssen und Seen:
Kärnten ist wunderschön.

Jahrtausende alte Kultur
Auf Kelten- und Römerspur,
Und Burgen in felsigen Höh'n:
Kärnten ist wunderschön!

*

Der Sommer ist so kurz:
Tiefrote Kirschen
Verglühen am Baum.

Der Sommer ist so kurz –
Die weißen Lilien,
Unwirklich rein,
Verströmen Duft.

Der Sommer ist so kurz!
Nur noch der Mais
Versagt sich dem Schnitt,

Und trockenes Holz
Bangt vor dem Haus
Dem Feuer entgegen –

*

Wenn ich eine Glocke wär',
Würde ich jetzt läuten,
Wenn ich eine Blume wär',
Würde ich erblühen,
Wenn ich eine Wolke wär',
Glanz- und traum- und ferneschwer
Durch die Stunde ziehen.

Wenn ich eine Geige wär'
Würde ich erklingen,
Wenn ich ein Geliebter wär',
Würd' ich Wonne trinken,
Oh, wenn ich die Sonne wär'
Ewig in das gold'ne Meer
Dieses Abends sinken!

*

Alles vergeht, auch die schlaflosen Nächte –
Sieh doch, sie sind so schön!
Voll von Mondlicht und Sternenschein,
Samtenem Schwarz und Schweigen.

Alles vergeht, auch die traurigen Träume,
Die Dir für immer Verlorenes zeigen,
Die Dich entrücken, entzücken, bedrücken –
Grüße den Morgen, geh' tapfer weiter!

ZUM HIMMEL HOCH

Der Großen Mutter

Es gibt keine fremde Erde,
Keine fremde Sprache,
Keine fremde Nacht.

Immer ist es die Mutter,
Uralt, dunkel, weise,
Die um uns wacht.

Die uns lehrt, von Geburt zu Geburt,
Behutsam, beharrlich, leise,
Kinder des Kosmos zu sein,
Aus Geist gemacht.

Den Propheten

Gast, wo andre zu Hause sind,
Und zu Hause nur Gast:
Erfaßt
Vom Wind
Eines höheren Himmels
Werdet Ihr über die Erde geweht,
Um Gott zu künden.

Luzifer

Zum schönsten Engel sprach der Herr:
Du bist zu schön, um gut zu sein!
Nimm Wollust, gelbes Gold und Wein
Und laß den Himmel, Luzifer!

Nimm Wollust, gelbes Gold und Wein –

Die Menschen priesen Luzifer
Als ihren einzig wahren Gott –
Der lächelte: Nun nimm den Spott
Und laß die Erde, heil'ger Herr!

INRI

Nicht weil der Tod kommt, greift Dein
Schrei
Vom Kreuz herunter in die Massen:
Weil Gott nicht kommt! Und Du verlassen
Am Holze hängst. Nichts als ein Mensch.

Du hast auf ihn gehofft bis jetzt.
Wer soll nun Deine Qual durchschauen?
Anbetend knien schon die Frauen
Vor Dir. Du Sohn! Du reiner Tor –

Maria

Damals, da war ich so bereit:
Ich nahm mein Kleid und tat es fort,
Dem zu gehören, den ich liebte,
Und stumm, mit Tränen nur der Freude,
Gebar ich meinen ersten Sohn.

Ganz treulich folgte ich dem Engel,
Der mir des nachts im Traum erschien
Und sprach: Nenn' diesen Knaben Jesus –
Und willig gab ich ihn, wenn auch
Mit vielen still gehegten Ängsten,
Als abermals der Engel kam
Und zu mir sagte: Gib ihn Gott!

Warum nun noch einmal gebären?
Du weißt, ich fürchte nicht die schweren,
Von Schmerzen ganz zerfleischten Stunden,
Nur: daß ein zweites mich entweiht,
Ein andres Kind. Gott, Du bist groß!
Mach, daß mein Leib so leer von Samen
Wie eine taube Ölfrucht sei!

*

Du bist in diesem Sohn: ich weiß.
Ich gab ihn Dir, er war noch kaum
erwachsen,
Und hing mein Herz an seine Füße,
Daß er nicht strauchle oder leide –

Du ließest zu, daß ich noch mehr
Gebar. Auch Söhne, ungeliebte, derbe,
Von Joseph, meinem angetrauten Mann.
Nun bin ich Weib so wie die andern alle
Und will nicht mehr, daß Du mich rufst.

Warum erhebst Du denn ein Herz
Zu Liebe und zu Treue – Treue!
Wenn Du es an gemeines Leben
Verschleuderst, so, als sei es nie
Gefäß gewesen eines Wunders –
Und zürnst noch, wenn es sich zerbricht,
Weil es Gemeinheit nicht erträgt?

*

Wie blutig, Jesus, ist Deine Seite!
Das kleine Mal, das ich einst küßte –
Ich kannte es allein von allen –
Ist ganz verklebt von hartem Blut.

Verzeih' mir, Liebling,
Ich gab dem Engel
Dein kleines Leben –
Du wärest besser
In meinen Armen
Fromm aufgewachsen,
Die Schafe hütend
Auf unsrer Wiese –
Du liebtest sie,
Als Du noch klein warst.

Nun bist Du tot. Sie wollen in fremde
Erde Dich legen, bedeckt mit Steinen –
Fürchte Dich nicht! Ich komme heimlich
Dich fortzutragen an meiner Brust.

Gott, hörst Du, Liebling,
Ist groß und mächtig,
Er gibt die Kinder
Und nimmt die Kinder,
Er wird's wohl wissen –
Sieh, ich bin alt,
Will bei Dir sterben,
In Frieden sterben:
Hörst Du mich, Jesus?
Jesus, mein Liebling –

Mater dolorosa

So viel Tränen, so viel Tränen
Füllen mein Herz! Es ist wie ein Krug.
Zerbricht es einmal,
Wohin mit der Qual,
Wer sammelt die Tränen,
Die vielen Tränen,
Und weiht sie dem Glück?

Gott, Vater

Sieh, da, wo meine Zweifel enden,
Fängst Du an, Gott. Du bist sehr groß
Und Deine Kraft läßt mich nicht los,
Würd' ich sie tausendfach auch schänden.

Dein Mund ist überall. Bald stumm,
Bald leise raunend wie der Wind.
Sein Ruf ergreift mich tief: Warum
Willst Du mich denn nicht lieben, Kind?

Christus, Bruder

Auf kleinstem Raume
Zusammengefaltet,
Unbehaust, heimatlos, entehrt,
Ringe ich meine Hände
Und rufe in mir
Nach Dir –

Hörst Du mich?

Karwoche

Montag vor Ostern: (Paris)
Die Sonne scheint
Nach Regenschauern.
Die schmutzige Stadt
Ist frisch gewaschen
Und strahlt –

Montag vor Ostern.
Zweige in Knospen,
Grünende Hecken,
Alles will blühen.

Montag vor Ostern:
Auferstehung?

Seele, Du mußt zuvor verraten werden
Und dreimal verleugnet.
Seele, Du mußt zuvor gegeißelt werden
Und dornengekrönt.
Seele, Du mußt verlacht und verspottet,
Geschlagen, geschunden, gebunden
werden,
Am Kreuze hängen, den Tod erleiden –
Erst dann geschieht Dir nach Seinem
Willen,
Erst dann kann endlich Sein Wille
geschehen,

Erst dann kannst Du, Seele, auferstehen
In Seinem Reich,
Dem Geiste gleich,
Der alles erfüllt.

*

Dienstag vor Ostern: (Paris)
Auch das ist eine Passion:
In stickigen Zelten
Mode ertragen
Und Menschen,
Verblendet vom Rampenlicht.

Fetzen für Fetzen:
Sie teilen Sein Kleid
Und machen es käuflich.
Verkaufen müssen,
Zum Einkauf zwingen:
Golgatha heute.

*

Mittwoch vor Ostern: (Fahrt nach Italien)
Wärmende Sonne, wohlige Müdigkeit:
Als wäre die Tochter eben geboren,
Die heute vierzehn Jahre alt wird.

Mein letztes Kind. Der schmerzliche
Abschied
Von Nehmen und Haben. Durchbruch zum
Sein.
Leben ist Geben. Leben auf Erden
Ist Wandlung, ist Werden,
Ist Sein sein allein.

*

Gründonnerstag: (Florenz)
Oh, daß sie grüne,
Die Saat dieses Regens,
Himmlischen Segens
Gewiß.

Oh, daß die Erde
Zur Ernte werde,
Daß unsere Herzen
Gleich Zweigen
Sich neigen
Und sich entfalten,
Dich zu gestalten:

Himmelreich,
Gottesreich,
Reich der Liebe,
Reich des Lichts.

*

Karfreitag: (Assisi)
Dem Frommen,
Der in die Wüste geht,
Folgen Tausende nach.
Der einsame Beter
Ist nirgends allein.

Um irgendwo
In der Stille zu sein,
Ist diese Welt
Nicht mehr still genug.

Kehre ein
In Dich selbst,
Finde Ruhe vor Ort,
Bete nach innen:
Gott wartet dort –

*

Ostersamstag: (Florenz)
Verinnerlichung,
Innerlichkeit,
Innerheit –
Alles ist innen.

Innewerden,
Werden,
In den Dingen sein,
Geschehen lassen,
Lassen:
Endlich beginnen.

*

Ostersonntag: (Siena)
Nicht fern,
Nicht nah,
Da
Bist Du:

Bewegung und Ruh,
Unendliches Sein.

Weihnacht

Hast Du gewacht, als das Leben sich hob?
Ich lehnte am Fenster,
Der Nebel zerstob.

Die Heilige Nacht trank jeden Schmerz.
Ich spürte den Frühling,
Er griff mir ans Herz.

*

Der blaue Morgen
Überglänzt von Sonne –
Die Welt ist weiß,
Als hätte sie noch nie geblutet,
Die Menschen lächeln so,
Als hätten sie noch nie geweint.

Ein Herzschlag scheint
Sie alle zu vereinen,
Vom Glück des Feiertags
Durchgutet.

Das uns Gesetzte

Unheimlich, wie sehr wir da sind,
Das Gesetz zu erfüllen,
Das uns ins Dasein rief.

Geheimnisvoll, dieses kosmische Walten
In uns.

Und doch: welche Freude,
Welch' Seelenfrieden,
Ihm zu genügen!

Licht

Im Nebel-Nichts
Das Alles des Lichts:
Wer höher steigt
Dem zeigt
Sich die Sonne.

Über dem Nebel-Nichts
Die Fülle des Lichts!

Glanz Gottes

Die Türme legen Zeugnis ab
Von unsrer Sehnsucht, aufzuschauen –
Wir wollen Dir entgegenbauen,
Dich durch die Masse Stein erreichen!

Die Türme, Gott, sind unsresgleichen,
Du aber sendest Licht herab
Und hüllst die Last der Mauern ganz
In Glanz.

Au paradis terrestre

C'est la passion de nos coeurs
Et la patience de nos mains
Qui transforment la terre
En terrain de Dieu.

C'est l'ardeur de notre esprit
Et la force de notre foi
Qui attirent le ciel
Au paradis terrestre.

Amour de Dieu

Ne me touche pas –
Je suis pleine des larmes
Des autres.

Ne me touche pas –
Leurs chagrins m'étouffent
Le coeur.

Ne me touche pas –
Je veille sur l'équilibre
De mon petit monde.

Ne me touche pas,
Ne me fais pas lutter,
Ne me fais pas trembler,
Ne me fais pas pleurer –

C'est la vie,
Amour de Dieu,
A qui je dois
De toute liberté
Ma vie entière.

Le calme du coeur

Le calme commence au coeur
Et s'envahit autour de nous
Comme une caresse.

Profonde promesse:
Il n'y aura plus de cris.

Mi corazón

Magnolien blühen, Kirschen knospen
schon –
Wann kommst Du heim, mi corazón?
Forsythien prangen, Tulpen stehen stolz,
Es riecht nach Gras, nach Moos, nach Holz,
Aus jedem Strauch treibt frisches Grün
hervor:
Wann kommst Du heim zu mir, amor?

Der Himmel, blaue Seide, sei mein Kleid,
Wenn Du mich küßt, und Seligkeit
Mein Mund – wie lange träum' ich schon
davon!
Komm wieder, komm, mi corazón!

Dächer

Dächer sind Fächer
Gegen den Wind,
Gegen Regen und Schnee,
Gegen welkes Laub
Und Sternenstaub,
Gegen das Glück,
Die Not und das Weh
Der anderen –

Erlösung

Lass' Dir nicht wehtun
Von dem, das verweht –
Wehen
Vergehen,
Aber das Kind
Ist,
Die Kunst, der Gedanke,
Das Glück, das Gebet –
Christ
In uns, um uns, über uns.

Frühlingslieder

Lass' mich Dir Blumen bringen, jetzt,
Geliebte!
Des Flieders weiße Dolden duften weich,
Jasmin und Rotdorn blühen in den Gärten,
Goldregens Sonnenflut und wieder Flieder,
Der lind und liebend sich im Winde wiegt.
Und dort der Tulpen stolze Seidenleiber!
Sie ruhen hoch und glänzend in sich selbst,
Zu hell, um noch mit süßem Duft zu leuchten.
Stiefmütterchen sehn mich aus dunklen
Augen an,
Und Beete lichter, blauer Seelen
Sind inniges Gebet: Vergiß-mein-nicht!

Lass' mich Dir Arme dieser Blumen pflücken,
Dir Ranken brechen, Sträuße bunter Fülle
Um Dich und Deiner Hände Wärme tun –
Ich stehe unter weißem Blütenbaum,
Der Wind macht seine zarten Lippen beben,
Und Blättchen sinken, Küsse, auf mich her.
Ich trinke sie mit Wangen, Mund und
Haaren,
Die Arme ausgestreckt, im Dufte träumend –
Nimm meine Blumen, Du so sehr Geliebte,
Lass' sie Dich streicheln, Liebste, denk' an
mich!

*

Ich gehe über eine Wiese,
Geliebte.
Sie schmiegt sich hügelan
Und ab dem Bächlein,
Das nimmerendend Liebesworte singt –

Oh diese Wiese, Liebste!
Grüner Ruch
Liegt Schritt um Schritt um meine Füße,
Und Bienen summen an mein Ohr,
Und Mücken sirren, und der Falter
Ganz seidenzarte Schimmerhaut
Füllt meinen Blick mit holder Trunkenheit.

Kennst Du des Löwenzahnes
Spinnwebfeine Lichter?
Ich neid' dem Wind
Das heit're Spiel
Sie auszupusten,
Ich werfe mich ins Gras
Und blase selbst,
Und tausend feine Federschirmchen
        segeln,
Erfüllung meines Wunsches –
Glück – davon.
Oh grenzenlose Seligkeit des Himmels!
Die weißen Wolken wandern über mir,

An meinen Fingern pulst das Blut der Erde,
Und Gräser kühlen
Meine Stirn.
Ich brech' die Blumen alle, Dich zu
schmücken,
Die ganze Wiese trage ich zu Dir –
Doch ist des Windes Atem nicht noch
schneller?
Ich schütte ihm die bunte Ernte hin
Und dräng' mich tiefer an den Leib
Der großen Wiese satten Leib.
Bist Du's, Geliebte?
Mit geschloss'nen Augen
Verström' ich meine unsagbare Liebe
Dir – oh, Du bist es, Liebste!
Bleib –

*

Die Nacht
Weckt mein Herz.
Es gräbt den Schmerz
Des Tages in die Brust.
Not jeder Schlag.
Doch welche Lust
Es unter beiden Händen so zu fühlen,
Sich tief in seinen Strom zu wühlen:
Es war so lange Stunden stumm!

Zerreiß' mich, Herz!
Zerquäle mich!
Doch liebe!

Ein Brunnen rauscht,
Der blühenden Kastanien Kerzen
Verströmen Duft,
Und dunkelvolle Wolken lasten,
Schwül alle Sterne hüllend,
In der Luft.
Du gingest fort. Wo in der Welt
Ist nun Dein Mund? Die Sehnsucht macht
Aus meinen Adern marmorne Kanäle,
Durch die das Blut in roter Hitze rauscht –

Wo bist Du? Meine Seele lauscht
Und zehrt sich auf in Bangnis und
Erwarten.
Oh komm' zurück! Und tu mir nicht
Mehr Abschied an, der wie ein Frost
Mein blütenschweres Herz zerbricht.

*

Du gabst mir Glück,
Und grenzenlos
War die geliebte Leidenschaft,
Du küßtest nicht,
Du saugtest Dich
An meines Leibes heiße Kraft,
Und Deine Hände lagen lind,
Wie Kinderhände doch,
Wie Wind,
Der jung aus Wassers Reinheit bricht,
Um mein Gesicht.

Wie ist's, daß Deine weiße Haut
An Deinem Munde nicht verbrennt?
Kennt
Deine Stirn der Lippen Glut?
Du schriest nach Blut
Und batest schluchzend mich um Schmerz –
Und weintest doch,
Wie eine Mutter tut.

Geliebte Du!
Du nahmst mein Herz
Und warfst es in die Ewigkeit.
Es sah den Sternen ins Gesicht
Und einem blendend klaren Licht
Weit
Hinter allen Fernen –
Ach!

Und fiel
In Duft und Enge,
Und fiel fort
Ins Ungewisse, Uferlose, Dunkle,
In eines Abgrunds abgrundtiefe Bänge.

Geliebte Du!
Da tatest Du die Augen auf, mich zu
erlösen.
Ein Engel ging aus ihnen auf mich zu.
Er segnete die Flamme. Heil'ge Ruh
Floß wie ein Schauer mir durch alle
Glieder –
Ich kniete nieder:
Du!

*

Oh fürchte Dich und berge Dich bei mir,
Auch wenn ich selbst der Furcht
Versuchung spüre –
Lass' uns bedroht sein! Liebe diesen Kampf,
Der täglich, jede Stunde uns umgibt
Und unsre Seelen stark macht und bereit.

Du sollst wie mich, Geliebte, Deinen Tod
Und Deines Todes bitt'res Ende lieben,
Und sollst im Tod doch wie in mir
Kein Ende sehn und keine Grenzen.

Ja, weine! Jede Träne schwemmt
Dir Sehnsucht fort und schafft verrinnend
neue –
Ich streiche sie von Deinen Wangen sacht
Und dräng' Dich so doch, immer mehr zu
weinen.
Lass' uns des Lebens letzte Tiefe leben,
Sein großes Glück und seine große Not –
Dringt nicht das Licht in dunklen Abgrund
heller,
Und leuchtet nicht die Flamme mehr mit
Macht,
Je düst'rer Nacht und Schmerz sich um sie
engen?
Der Tod als Maß der Liebe, Liebste Du,
Soll angstvoll wohl – doch klein uns
nimmer finden.

Und meinst Du Gott, Geliebte – sprich ihn
aus,
Wenn alles tief in Dir nach seinem Namen
Und seiner Gnade sich verzehrt,
Geh' seinen Weg durch unsres Glückes
Gluten,
Fleh' seinen Trost in Deines Leides Fluten –
Doch wenn Du willst, so nimm nun meine
Hand
Und lass' uns wandern, Liebes, ohne Straße –
Wo alles Straße ist und Namenloses

In namenloser Seligkeit und Not
Dir aufwächst im Geheimsten Deines
Herzens.
Wo Mensch und Dinge Dich verstricken
Und Tier und Blume Dich entbinden,
Dich alles anspringt und Dich alles fordert,
Ganz Dich, ganz Deine Kraft, ganz Deine
Liebe.
Ja, wandern soll der Sinn sein, den wir
suchen,
Und eher neue Fragen wagen
Als das Gebet: Erlösung!

Lass' uns beten
Nur dieses:
Stark sein bis zum Ziel,
Bis Puls und Atem in uns sterben
Und wir damit. Und Liebe haben,
Bis einst das Grab den Leib umfängt.
Die Liebe, die nur wieder Liebe denkt,
Nicht Dank, nicht Reichtum und nicht
Sicherheit.

Kann dann die Seele untergehen,
Die wir mit Not und Freude füllten,
Kann sie vergehn – wir müßten es
erdulden –
Kann sie verwehen dann – Geliebte,
Geliebte, ach, wie könnte sie es können?

Oh lege Deinen Mund auf meinen Mund
Und küsse mich: Du wirst in allen Stunden
Noch meine Lippen so auf Deinen fühlen,
So wie die Luft des Falters Flügelschläge
Auftrinkt und in sich still bewegt
Von Ewigkeit zu Ewigkeiten –

Auch wenn sie sein verwehtes Leben,
Auch wenn sie „Falter“ nicht mehr weiß.

Einsame Lieder

Allein sein ist: von allem sich verwunden
lassen,
Die Wunden lecken und die blassen,
Gefurchten Narben stolz und heiter tragen –
Wie oft hat mich ein Wort nicht so
geschlagen,
Daß ich mich in das Dunkel schleppte wie
ein Tier,
Zu kraftlos, um noch Lärm und Licht zu
tragen.

Allein sein ist: von allem rings sich
streicheln lassen,
Im Regen stehn und dann mit nassen
Duftvollen Lippen wie die Rosen blühen –
Sich ganz den kraftdurchpulsten Dingen
geben,
Mit reinem Herzen, aber ohne Furcht und
Scham
In Seligkeiten seufzend zu erbeben.

Gott ist der große Jäger, der mich treibt
Wie einen Hirsch mit scharf gespitzten
Pfeilen.
Ich fliehe seine Grausamkeit. Doch bleibt
Die Sehnsucht, meine Brust ihm
hinzuwerfen,

In die er tötend seinen Namen schreibt.
Dann will im Wundbett einsam ich
verenden,
Und bis er endlich in sich selber bricht,
Den tief erschrock'nen Blick nicht wenden
Von dieses Gottes blutbeschmierten
Händen
Und seinem blendend hellen Angesicht.

*

Oh herrlich schöner Morgen! Du weißt
nicht,
Wie klar das Licht aus Deinen Tiefen
spricht –
Ich will wie Du nicht wissen, will nur gehn
Und singend auf zu Deinen Hügeln
steigen,
Wo Winde noch mit kühlen Händen wehn
Und Sonne, trunken von dem Rausch
Des Sichversenkens in die Nacht
Aus grauer Dämm'rung unruhvollem
Schlummer
In scheuer Zärtlichkeit erwacht.
Wie hoch und schmal die grünen Halme
sind,
Die tauumflossen meine Füße netzen!
Und wie die Bäume stehn, die ungezählten
Lippen

Der ungezählten Blättchen so zur Sonne
hebend,
Daß ungezählte erste, zarte Küsse
Mit hellem Gold sie überschütten!

Oh Jubelklang des jungen, kühnen Tages!
Das Tal liegt offen bis zum Grund
Und füllt sich an mit Tönen, Licht und
Farben –

Vergessen bringt der Morgen, nicht die
Nacht!
Mein Herz war schwer von schreienden
Gebeten,
Gefesselt lag ich an der Sterne Pracht,
Und alles Dunkel flüsterte mit Hohnes
Stimme:
„Du bist allein und im Alleinsein einsam –"

Nun aber bricht das Licht in meinen Leib
Und reißt ihn auf und gibt ihm, frei zu
werden,
Und seine Seligkeit ist grenzenlos!
Ja, ich bin einsam, aber bloß
Muß der sein, der sich ganz ins Leben
schleudert!
Mit ausgedehnten Armen will ich mich
vergeuden
An seine Lust, die unermeßlich quillt,

Auftrinken alles Übermaß von Freuden
Und sein, solang' der Schmerz mich atmen
läßt,
Mit dem es jede Wonne mir vergilt.

*

Ich steh' in einer Kirche kühlem
Schweigen.
Leis' zittern letzte Orgelklänge her,
Die Luft ist schwer von flehenden Gebeten,
Und Wärme pulst noch in der Bank,
Auf die ich meine müden Hände lege.
Ich spüre hier, denn Schauen ist es nicht
Und Hören nicht, was mich den Kerzen
gibt,
Die ruhig am Altare brennen –
Wenn sie ein leiser Duft bewegt –
Vielleicht das Lächeln der Maria,
Das tröstend an die Stille schlägt –
Dann haucht ihr Flackerschein dem Kreuze
Und allen Bildern ringsumher
Lebendig warme Röte ins Gesicht
Und eine Spur von gold'ner Süßigkeit der
Sonne.
Die Blumen geben Duft auch, die da stehn,
Doch ist ihr Wiesenwesen ganz
geschwunden –

Sie atmen gleich dem Schweigen rings nur
Staub,
Verwelkten Duft und Weihrauch in die
Stunden,
Und manchmal eine letzte Seligkeit,
Wie von Entzücken, Jubel und
Verschwendung.

Die grauen Fliesen sind tief eingesunken,
Den Totenkammern zu, die sie bedecken,
Und feine Sprünge laufen durch die Pfeiler,
Die glaubensvoll der Wölbung Höhe
tragen.

Ich spüre, spüre die Gebete, die
An Steinen und Gebälken kleben,
Sich zu der Orgel aufwärts heben,
Zu den Altären hin, zum Ew'gen Licht,
Das sacht an gold'ner Kette schwanket –
Und spür' den Dank aus tiefgeneigten
Mündern
An allen Teilchen bunten Glases glänzen
Der hohen Fenster, deren Farben
Aus dieses Dankes vollem Leuchten sind.

Und alles spürt sich mir zum Herzen,
Das weit wird und sich aus den Mauern
Der kleinen Kirche plötzlich sehnt,
Das aufjauchzt und mich aus der Stille

Gedämpften Lichtes machtvoll drängt!
Die Knie wollen mir nicht sinken,
Sie schlügen denn das Holz der Bank
entzwei,
Und grüben tief sich in die Erde,
Die unter Sandsteinquadern warm
Und liebend hingegeben ruht.
Wo bist Du, Gott? Die Füße ziehn
Mich aus dem Kreise Deines Namens,
Den alles hier mit leiser Stimme singt –
Der Himmel winkt, die Wolken und die
Straßen,
Die Bäche und die Hügel und das Grün
Der Bäume weiten Deine Liebe,
Sie quellen Ring um Ring und Lockung
hinter Lockung
So aus der Fülle Deiner Brust,
Daß mich die Lust hinreißt, sie zu
durchstreifen,
So weit mich nur das Auge tragen will.
Voll Glück nehm' ich den kleinsten Deiner
Finger,
Berühre scheu ein Haar von Deinem Haupt
und trinke
Das herbe Duften Deiner Haut,
Wo ich erschöpft am Wege niedersinke
Und für den Tag nicht weiter suchen kann
Nach Dir, Du Großer.

Lass' mir dann das Stück
Von Deinem Wesen, das ich liebend wärme
Am warmen Atmen meiner Brust –
Ein Mensch vielleicht, ein Buch und eine
Blume,
Das Lied der Amsel oder eines Käfers
Erstaunlich zartes Flügelpaar.
Ich liege mit ihm dicht an Deiner Erde
Und Stern auf Stern, der glühendste voran,
Brennt Kuß um Kuß auf meinen Wangen.
Geliebter Gott, senk' Deine Lippen tiefer!
Mein Mund wühlt sich in Nachtes Dunst
und Duft
Und wartet Dein, um wieder Dich zu
fliehen
In grenzenloser Angst, in Schauern, die
Bis an des Grabes dumpfe Enge dauern –
Die einmal wohl der Leib erdulden muß:
Die Seele nie.

*

Es ist ganz still. Des Waldes Atem steigt
Und fällt so gut in meinen Lungen –
Bis zu den höchsten Wipfeln,
grünverzweigt,
Und hin zu jedem Blättchen, das sich neigt
Im Hauch, ist Rauschens Ruh' gedrungen
Und bannt sogar der Sonne heißen Mund

Von Moos und braunem Farn des Bodens.
Wie weich der ist und locker meiner Hand,
Und hält doch Stämme fest, schlank, stolz
und hoch
Wie keines Tempels Säulen ich je fand.
Rotgold'nes Dämmerlicht rinnt hinter jedem
Strauch
Und fördert grüne Tiefen aus den Wegen,
Die nirgends sich und überall verlieren,
Aus denen manchmal Kuckucksruf ertönt,
Das Hämmern eines Spechtes und der
Tauben
Verliebter, gurrender Gesang.

Legt mich einmal in diesem Wald zur Ruh'
Wenn nimmer ich vom Schlafe aufstehn
kann –
In seinem großen Leib will ich mich
bergen,
Und meine Hände von mir breiten
So weit, daß sie das gute, grüne All
Mit unstillbarer Zärtlichkeit umfangen.
Hier laßt mich ganz mit meinem Gott
allein,
Der manchmal seine Stirn, die heiße,
Aus allem Lärm des Lebens hebt
Und an des Waldes Schulter legt,
Not, Qual und Raserei vergessend.

Ameisen werden in dem Hügel sein,
Der meinen Tod verhüllt und den mit
Lippen
Voll Lauschen, Innigkeit und Liebe
Ich aus der Tiefe sanft berühre –
Und Spinnen über meine Augen laufen,
Vielleicht ein Schillerkäfer oder auch
Die weichen Füße einer Raupe.

Abends singt
Ein sonnenmüder Vogel auf den Zweigen,
Die sich von nahen Stämmen neigen,
Und Blumen dehnen sich im Mondenlicht,
Das aus der Wolken wildem Reigen
Mit ruhigem Geleuchte bricht.
Oh, tausend Mücken lieben sich zu ihm
empor,
Weit, weit, bis ihre zarten Flügel brechen
Und lustverzerrt sie auf die Brust mir
sinken –
Und manchmal steht ein Reh bei mir und
äst,
Mit schlankem Hals und bangen braunen
Augen.

Oh Ruhe hier vor allen Leidenschaften,
Und Ausruhn von dem Werk, das müde
macht!
Ich floh die Welt, wo alle schrein und
fragen,
Und durfte mit Dir schweigend einsam
sein,
Du großer Wald, den meine Pulse sagen,
Wenn ich die Menschen nicht mehr tragen
kann,
Nicht mögen mehr noch meiden, wenn die
Pein
Des Vielzuvielen, Nahen, mich erdrückt.

Ich danke Dir. Und habe neue Kraft
Für Herzen, die mein Herz umfängt,
Für die es schafft.